LOUIS JEHMBRUN

L'HEURE LOURDE

CANTILÈNE MODERNE

POÉSIES

POLIGNY

IMPRIMERIE ALFRED JACQUIN

1901

L'HEURE LOURDE

DU MÊME AUTEUR

—

ŒUVRES PARUES

I. Dans divers journaux diverses poésies dont les brouillons sans effacures sont réunis sous ce titre : *Bêtises ;* et de ce que l'âme peut fléchir quand on ne veut pas réfléchir.

II. *L'Heure lourde.*

A PARAITRE

Les Nuits fortes, ballades, cantilènes et poèmes.

Parce que sur mon âme il est des feuilles mortes, élégie.

A vous, ô décadents ! ode magistrale.

Le Parricide, échelonnement de poésies pouvant former un roman contemporain.

Papes et Sous-Papes, poèmes.

Amour, amour, amour, choses philosophiques.

Critique (Hugo le Grand. — Verlaine le faible. — Rostand et l'art du Puccinella. — Ceux de nos jours à la longue chevelure.)

Monsieur est autobiograpʰique et autopleurétique.

Français et Poète, tragédie dramatique en vers, en 5 actes.

Le pauvre Lélian, drame pleureur, en vers, en 5 actes.

Tout cela paraîtra si l'auteur rêve encore.

LOUIS JEHANBRUN

L'HEURE LOURDE

CANTILÈNE MODERNE

POÉSIES

POLIGNY

IMPRIMERIE ALFRED JACQUIN

1901

PRÉFACE

De ces poésies (intimes) — quiconque a glosé n'a mérite
— s'exhale sans lendemains un parfum en vertu des satis-
factions souventes (personnellement).

L'Architecture biblique sans importance — en intermède.

Puis, en aucun hasard, la feuille retourne, crispée et
morte, sur, drapé de mousse, le sol qui la rutila.

Ainsi l'Heure lourde est filandre des « Nuits Fortes »,
— celles pour le Public, incessantes.

Ainsi (précédente dédiée à l'Inspirateur) des petites
vieilles harmonies surannent ma chambre...

Rythme lent, qui obsède.

Louis JEAMBRUN.

Avant la Cantilène

Ainsi que des flûtes
Trillent, les minutes
Ont le spasme les airs
       Clairs.

Et voici mon âme
S'éperdre, et qui clame,
A l'heure crucifiante
       Lente.

Abandonnants les soirs !
Rouges leurs encensoirs !
Hallucinante est l'heure....
       Pleure !

Voici la Cantilène :

L'HEURE LOURDE

PREMIÈREMENT

Quand le soleil frappe les tertres chevelus
De ses derniers rayons additionnés de sang,
Que l'ombre, mêlée au clair de lune, descend
Sur ceux qui sont encore et ceux qui ne sont plus ;

Et quand le silence, aile massive, appose
Sur le sol plat où se cherchent les feuilles mortes
Comme des mains désespérées qui se transportent
Vers la solaire agonisante apothéose :

C'est alors que l'heure me semble lourde — très !
Si lourde que mon cœur ploie à la supporter —
L'heure où l'enfant poète se sent escorté
Invisiblement de choses aux purs attraits.

Ce sont les choses du lointain qui se souviennent :
Celle qui, passible, comprit mes jérémiades,
Celles qui, ressemblant ainsi à des dryades,
Cillent au fond des bois, me faisant signe, anciennes.

Ce sont les choses qui vécurent avec moi :
Leur remembrance m'hallucine en m'obsédant ;
Mais je rêve, tranquille et jeune, possédant
L'intime conscience droite, sans émoi !

Puis c'est encore à l'heure de cette heure lourde
Le rythme pénétrant qu'angesulent des cloches ;
La lente effeuillaison des assonnances sourdes
S'étire dans la plaine et vibre sur des roches ;

C'est alors qu'une voix douce me dit : « Approche ! »

DEUXIÈMEMENT

Une voix qui paraît sortir en même temps
Que les goutelettes en palmes des jets d'eau ;
Et cette inflexion timide m'aime tant
Que chaque soir elle vocalise un rondeau

Où mon âme fait des menuets et des danses ;
Nous sommes seuls, seuls, sans crainte des moqueries :
Chaque brin d'herbe qui plie marque les cadences
Et mon âme ruisselle aussi de pierreries.

Et nous sommes heureux — l'heure est lourde, pourtant.
Egrenant ses minutes en autant de plombs
Qui tombent avec bruit ; et puis, se concertant,
Elles ont l'air de préparer un sanglot long.

O rêverie ! au tronc d'un arbre je m'accule :
Pour saisir le désir promis, ma main se lève,
Ce, pendant que mon front que l'Etude immacule
Se dresse aussi, mais vif du clair tranchant d'un glaive.

J'entrevois dans le ciel plus profond la Beauté
Et l'amour qui s'étreignent en fermant les yeux ;
Je m'indigne contre ceux qui ont barboté
De sots propos envers ces dieux mystérieux.

Lentement, lentement j'aspire à l'idéale
Demeure des vertus, dont le trône est d'ivoires
Et de marbres, cerclés en lucides spirales
De rais d'aurore avec les rais de la Victoire !

Mais une plaie au cœur me parle de nuit noire.

TROISIÈMEMENT

Le sentiment que je n'ai pas eu en retour
Râle au cœur de mon cœur qu'écœurent des rancœurs;
On ne m'a pas donné l'Amour pour mon amour,...,
Sans pitié elle a ri au moindre de mes pleurs !

Elle n'avait qu'un grand voile de mousseline;
Et le deuil obstruait ses yeux fortement vagues,
Et je ne sais quoi dans son regard d'orpheline
Parlait de fixité sereine qui s'élague.

Disparais, disparais, disparais, disparais;
Oui, porte ta chair vierge à l'Autre.   Hors d'ici ! –
Loin de moi, fantoche fantôme, qui parais
Vêtir le suaire de ton père transi.

Aimant l'amour qui aime, mon âme endormie
Attend, dans la douceur berceuse des soirées,
Celle qui baisera mon front, comme une amie....
.... Et nous irons nous égarer dans les vesprées.

L'heure lourde impatiente mes passions !
Oh ! je voudrais que l'aurore du lendemain
Surgisse pour qu'ensemble nous y passions !

Mais pourquoi monte au ciel l'immense râle humain?

QUATRIÈMEMENT

Le râle grand qui vient sans doute de la ville !
L'heure lourde, c'est l'heure où, docte noctambule,
Le peuple las se plaint de ses œuvres serviles :
Les ouvriers tiennent des conciliabules.

Des arbres centenaires choient des rameaux secs :
Un lit du gueux jaune malgré sa nudité ;
La nature s'offre comme une épouse, avec
Le frissonnement de toute l'immensité.

Et moi, le mendiant triste des Harmonies,
Lorsque l'heure lourde pèse sur mes paupières,
Je me traîne, à genoux sanglants, aux gémonies :
Les hautes herbes me piquent de leurs rapières.

Voici mon cœur saigner : madame la douleur
Le rogne de ses griffes, le prostituant :
Le sang le peint de ses vermillonnes couleurs ;
Je pourrais l'affranchir ce corps, en le tuant.

Non ! non ! non ! je veux vivre encore et plus souffrir :
L'auréole du deuil vaut celle de l'exploit.
Non ! je veux savourer l'amertume, et offrir
Mes membres à clouer aux portatives croix.

O mes amis, noirs mes pensers et noirs mes songes !
Peuple, dis-moi ta sage consolation !
Au secours ! je suis faible, — on m'a dit des mensonges
Et parlé d'un dieu juste. — O constellations,

O verdures dans le silence et la rosée,
O nature, seconde sensitive mère,
Voici la question que je vous ai posée :
Sur qui ployer mon aile en cette vie amère ?

CINQUIÈMEMENT

Et l'Infini m'a répondu : Sur une fleur,
Sur une fleur où je verse moi-même un pleur !...
Et je m'en suis allé durant l'heure fatale
Mêler mon âme aux lys.

SIXIÈMEMENT

Crispés sont leurs pétales !!!

Après la cantilène :

La Ritournelle éternelle

———

Toujours, toujours, lourd de pétales,
            Cœur,
Tu t'effeuilles comme une pâle
            Fleur !

La vie, ainsi qu'une brutale
            Sœur,
Ne voit pas que même ton râle
            Meurt !

Faux bijou, la douleur t'enchâsse !
            Passe,
Oui, passe, tranquille, au Seigneur !

            Vole
Aux immortelles auréoles,
            Cœur !

Lons-le-Saunier. — Achevé le 16 mars 1901.